ギターと
短歌と
りんだうと

玉木伸尚
歌集

青磁社

＊目次

玉木伸尚歌集

ギターと短歌とりんだうと

一九八八年

瀬戸内の吹き来る風に潮の香をたしかめるやうにゐる港かな

文学を教授の酒は語り出で熱き言葉を囲む学生

この空をまるごと吾の器としこの海ほどの夢をもちたし

松林ぬければ燃ゆる白砂を跳ね上げながら向かふ大海

夕闇に消えゆく君のうしろ背は今日の終はりを吾に告ぐなり

感覚の海を覆ふブラームス音色の底に哀しみ流れて

蠟燭の炎は読経の声に乗り歌ひ踊らむ祖父今亡くも

流れ星夏夜にひとつ一瞬の現れ消ゆる音もなき音

雨上がり樹々の緑は満々に雫もろとも滴り落ちぬ

歩み出で大地に捧ぐたそがれの時に吾が身をひたし道ゆく

一九八九年

雨音は夜に崩れて散りにけり読む小説の結末いかに

石山の紫思ふ春の日やこころ隔つる時はなきかも

未来尋ふ夜に萎れしガーベラの壁に落ちたる黒き影かな

硝子窓五月の色を映しけり君が手に取る新しき本

那智瀑布仰げば天を裂くがごと大樹の杜に轟轟と落つ

春来る潮岬に鷗飛ぶ太平洋はさも広きかな

ぬばたまの夜の斑鳩望月を見れば思ほゆ古への頃

桜井の街並抜けて天理まで山の辺の道を歩けよ歩け

春の日に大和国見の丘に立てば遠く霞める青垣の見ゆ

一九九〇年

白壁の角を曲がれば江戸町の通りに揺るる夏みかん花

城跡に昔偲ばる此《こ》に立たば潮の香ぞする海間近きに

朝霧にけぶる川辺を歩みをれば錦帯橋を人渡る見ゆ

山際に夏の日隠れ陰落つる川の流れに素足浸せり

細き月の出でし夜の瀬に耳澄ます君と並びてゐる石河原

逢ひたしと思へど逢へぬ折ならば枕の月をただ眺めをり

秋雨の朝に君より手紙ありことやりおきて読む幾度《いくたび》も

一九九三年

ひとり渡る河口の橋に海からの風は夕べの音立てて鳴る

遠山に出でくる月の赤きかな部活動終へて急ぐ家路に

若者よしつかりやれとわが肩に置かれたる手の重くもありぬ

海峡の水面に春の光映え行く船まぶしく消ゆるときあり

卒業式の呼名に返る若人の声はそれぞれの希望に明かる

窓越しのわが目にとまる咲き出でて赤く揺れゐるアネモネの花

新しき萩焼の碗に飯盛りてゆふげの仕度妻は終はれり

ほのかなる光差すとき萩焼の茶碗の色のいくつにもなる

高原に群れて草食む牛の眼のおのおの違へる輝きをもち

ふるさとの風にまぎれて届きくる刈草乾きゆく日の匂ひ

仰ぎたる夜空に今宵一番の花火開きぬ空の無限に

夜の森に幾人《いくたり》か火を囲みゐてまだ見ぬ山の話のはづむ

目指したる山頂僅かに見え初めて一歩をさらに強く踏み出す

眠りゐる生徒のあるを睡《ねむ》らする外なき授業かと思ひつつ起す

働くと言ひ出づる妻と語り合ふわれも働く意味にまどへり

一冊の小さき本に見出でたる一節《フレーズ》の重き意味に気づきぬ

一九九四年

戦争を知らざるわれらの大事なることを気づかず生くるならずや

窓辺なる生徒の眼《まなこ》輝きて初雪積もる外《と》に向きてをり

年明けに受験控ふる妹は電話するわれに弱気ふと言ふ

心しづめ書き出だせども抑へつつ書きたる行のかすかに歪む

急カーブ曲がれば忽ち海の青展けてまぶしき休日を駆る

月明かる町を書店に歩みをりひそかなるわが知の楽しみに
膨らみに語りかけゐる君の声やさしみてすでに母の声なり

君摘みて煮たるつくしのほろにがさやはらかくわが舌にひろがる

白壁の上よりのぞく夏みかんたわわに道に光を返す

久しぶりに逢ひたる人のかはりなき語尾の訛りの耳に親しき

動きたる腹の子どもに父の声届けと願ひわれ呼びかくる

木陰なる歌碑に居すわる青蛙半眼のまま不敵に眠る

ちかき空はるかなる空ひと色に蒼く包める連山の峰

母を悼む茂吉の歌を繰り返し朗読してゐる雨の教室

暗き山の背に隠れたる月の光《かげ》白く夜空へ伸びてゆくなり

わが家のわきの川州の草深き闇に螢のひとつ息づく

待ちゐたる妻の陣痛訪るる白雲まぶしき八月の朝

生まれたるばかりの女児の泣きそむる顔に涙を浮かべたり妻は

生まれたる吾子よ大きく育ちゆけ湧き起こる雲の峰の如くに

いろいろに解されにけるわが歌のつたなき一語を悔やむ幾日か

退部せむとしゐる生徒を幾度も説得しつづく無駄と知りつつ

部員らを前に勉強怠るなと説く唇に渇きおぼゆる

一九九五年

夜泣きせる幼の声に起こされて乳飲ます妻は灯し火に浮き

一日ごとに夕闇早く訪れて山ぎは遠く燃ゆる冬天

木々の間を吹く凩の羨しさよわだかまりをわが胸に抱きて

家の者みな眠りたる深き夜に愛すべき詩を口ずさみをり

旅先の屋台の客が交しゐる言葉たのしも聞きつつ飲めば

物言はぬ幼が抱へよと訴ふるまなざしせるをやうやうに知る

幼子の眼に映りゐる父われの影を確かむ笑みかけにつつ

自転車の母に負はるるみどり児の髪は春風に吹かれつつゆく

しわ深く刻まれにける曾祖父の手はみどり児の手を包みをり

戦闘に受けたる脛の銃傷の弾痕を祖父ははじめて見せつ

街路樹に若葉溢れて見えゐたる空の片方《かたへ》の狭くなりたり

板書するわれの背中に子の視線感じつつをりむし暑き昼

沖遠くつらなり点す漁り火の闇に浮かびて海燃ゆるなり

湧き出づる汗わが影に重ねつつ生ひ茂りたる雑草を刈る

銀色の屋根の果てなる夏空に動くともなき雲の峰立つ

たどたどと歩み初めしわが娘踏み出すたびに世界展けむ

窓を鎖す一人の部屋に近づける俄雨の音地を打ちきこゆ

古書店の書架の間に漂へる本の匂ひに魅かれつつ来る

一九九六年

諸手にてりんご支へてわが方に歩まむとする幼子を待つ

夜泣きせる子に苛立ちし翌朝に出でくる戸口に悔い残りゐて

ひそまれる冬の地上に星知らぬ幼抱きて天を示しぬ

朝の陽は流れの底に透りゐて凍《い》て道を来る心明るし

思ふごと歩まむとわが胸に秘むオリオン遠く澄みたる空に

わが腕に留まり来たれる冬の蝿いづこともなく去りてゆきたり

使ふほどに窯変うつろふ萩焼の湯呑ながむる昼餉の後を

この日ごろともに飲むをりなき父の酔ひめぐるらし今宵饒舌

叱られて泣くを堪ふる幼子のせきとめてゐる涙の雫

草の中一輪咲ける花あるをすみれと母は幼に教ふ

居残りの生徒のごとく教室の窓にとりどりに映るチューリップ

右左違《たが》へしままの赤き靴玄関に小さく脱がれて並ぶ

外に出むとせがめる幼抱きゆく街につづける月明き道

握り飯頬張りし子は飯粒を頬にいくつも残して笑ふ

幸福論読み終へて寝ねむとする真夜を蛙は声をいらちて鳴けり

幼子の重くなれるを思ひつつ肩車して月の堤くる

明かる夜の空き地に咲ける待宵の塀より高くのぞく幾本

営業職に就きて三年過ごしたる弟の顔すでにたくまし

弾痕の残れる脛を横たへて祖父昼寝せり終戦の日を

蜩の鳴き声つづく山道をみ祖ら眠る墓地に歩めり

一九九七年

団栗を拾ひてポケット満たしたる幼は宝に足らへるごとく

女児《をみなご》の生《あ》れしを知らす義母よりの電話に目覚めぬ年の瀬の朝

ガラス隔つ新生児室に眠りゐるわが子見出でて声出でず立つ

汝《なれ》の名に迷ふ父なり名の付かぬまま退院する日の近づけり

わが腕に児の籠を抱き産院を出で来る新年の寒き朝に

父われの目覚むるを待ち駆け寄りて幼は桜散りゐるを告ぐ

目ざむればよき朝なりみどり子はつぶらなる眼をわれに向けをり

寄せ来たる波に驚き父われのもとに駆け来し子を抱き上ぐ

期待感と評価意識とを担任のわれに注げり四十一人の目は

幼き頃登りて遠くを見渡しし椎の木陰に蟬しぐれ聞く

日盛りを遊び疲れし子らふたり並びて眠る夜のそよ風に

三本の蠟燭の炎消すほどに子の育ちたる誕生日祝ふ

三歳の子はいつしかに妻の口調覚えて妻の言葉操る

一九九八年

提出の期日守らぬわが歌に亡き師は常に朱を入れたまひき

雨までも打ちつけにける河口の橋ゆくわれに声援ぬくし

子らくれし四十本のガーベラの重み抱きて教室を出づ

熱出して臥せゐる妻を睡らせてわれは夕べの厨房に入る

窓際に子の居眠れり六月の緑の風を頬にうけつつ

一九九九年

連休に読まむと買ひし新刊の二冊積まれて机上に待てり

二〇〇〇年

糸電話の返事待ちゐる耳元にトウサンと呼ぶ吾子《あこ》の声する

待ちゐたるうぶ声高く泣き初めし子に対面す六月の朝

二〇〇一年

巣の落ちて五日過ぎたるわが宿に燕再び土運び来る

遠つ雲風の形となりにけりいつしか秋の兆せる真昼

白雪の降り積む夜のしづけさにわが腕の中みどり児ねむる

二〇〇二年

真夜中の東の空を仰ぎつつ流星群を妻と待ちをり

一筋の長き尾残し流星は未明の空を静かに翔《と》べる

二〇〇三年

息荒き八歳の娘を気遣ひて共に走りぬマラソン大会

積み上げし積み木の城の揺らぎゐる危ふさをただ目守《まも》る毎日

読まぬまま置きゐし本を幾冊か選りて積みたり休日前夜

寒風を避けて屋舎に籠りゐる河馬はアフリカの記憶に眠る

教室の壁に彫られし「つまらん」の文字夕闇の中に消えゆく

覚えたての言葉連ねて自《し》が思ひ伝ふるほどに子は育ちたり

新しき仕事任されし春なればわが心阿蘇の噴煙に奮ふ

石の上に淀みをのぞく子ら三人《みたり》小さき魚の群れ過ぎて沸く

六月の朝日を受けて生まれ来し息子健やかに三歳《みとせ》迎へぬ

誕生日を言祝ぐ家族前にして照れつつも子は笑み返したり

黙りつつ外を眺めゐる幼子は「雨の音聴いているの」と答ふ

二〇〇四年

子のセーター編み進めゐる妻とゐて今年も静かに暮れゆかむとす

一年を過ごし来て吾に転機なしあるいは転機を見過ごしたるか

雪雲の移りし部屋に陽の差せば本読みてゐる妻の影濃く

振り向けば小説よりも降る雪を見てゐる生徒多き教室

険しさが常なれど時に君の見せし優しき眼を信じてゐたり

外側にやや偏りて擦り減りしこの靴とともに十年を歩みき

降り初めし雨に路面の冷えゆきて檻の内なる猿の哀しみ

泥の海にうごめく無数のムツゴロウそれぞれに五月の光返せり

汚れても気にせず遊べ有明の泥にまみれゐる三人《みたり》のわが子

裸足にて子を追ひかけたり忘れゐし地のぬくもりを含める芝に

午前二時穂高の峰を覆ひたる銀河に一つ流れ星消ゆ

わが星も無数の星の中の一つに過ぎぬと知りて子は目光らす

叱られて不満の色を見せ初めしわが娘も十代の少女となれり

二〇〇五年

新しき家庭育むスタートに立ちし妹に開けゆけ未来

穏やけき顔見すること多かりき彼に出会ひてわが妹は
うつむきて涙も拭はず宴終へし花嫁の父とはかくなるものか

新しき手帳に予定書き込みてどこか変化を欲してゐたり

地を這ひて進みゐるのみ我が凧の風をとらふる日の遠かりや

草の香をかぎたくなつて窓開ける滞りがちな授業終盤

施回し急降下して窓よぎる燕かすかに風を生みつつ

馬の背に乗りて駆けたし海原の果ての輝き眩しき浜を

地なるもの激しき雨に打たれゐる音になぜだか安らぐ教室

雨音の激しく打てる山の夜のテントの闇に思ひは巡る

二〇〇六年

子のためと砂浜に貝拾ひをればいつしか吾も夢中になれり

結婚を決意せしと弟が告げたり銀座四丁目交差点

世の無常など分かるはずもないだらうと顔言ひたげな古典の教室

幾年も会はぬ友らが年賀状に今年は飲まうと揃ひて記せり

吾の作るペペロンチーノ楽しみに妻と子は待つ休日のランチ

浜辺にて食べゐるパンを背後より鳶は持ち去れり急降下して

和解までしばらくかかる喧嘩して口つぐみゐる吾らが夫婦

妻と子と吾と並びて苗植ゑゆく泥深き田に歩調合はせて

真夜中にひとり泣きゐる訳告げぬ子は思春期の入口に立つ

空色の帽子を被る空組の子は父に似て人見知りする

満月の影に照らされ眠りゐる姉と弟同じ寝顔に

楽器響かすために音楽はあるといふ言葉思ひてギター一つま弾く

湧き出でし山の清水を注ぎ入れ作るウイスキーの水割りの夜

夕空に際立ち初むる穂高岳の稜線を独り目に辿りけり

二〇〇七年

焚火して炎囲める静けさに枝の爆ぜたる音一つして

一日に考へたことの断片をつなげても虚し夜の孤独に
わが胸に銃口を当て自問する今を懸けたるものはありやと

卒業生へ贈る言葉を選ぶ夜説教臭き言葉はいらぬ

台風の夜に集ひたる妻と子の声いつになく近くに聞こえ

カマキリを狙ふわが子は身を伏していつしかカマキリの形となれり

二〇〇八年

物語朗読したる子の声に次の展開気になる夕べ

海上に光の道の通りたり波打ち際を子と歩む午後

二〇〇九年

ワイシャツにアイロンかけるはわが仕事スチーム響く日曜の夜

娘との会話少なくなることを実は恐れてゐる日曜日

秒針の進める音の際立てり家族出かけて独りの部屋に

監督の責任深く刻みゐて大敗に泣く子らと向き合ふ

わが指にしばし留まれる赤とんぼの赤と言ふにはあまりに深く

二〇一〇年

それぞれに悩み抱へて生きゐるを友と語りて知る秋の暮れ

その腹に家族団らんの灯り受け今宵も張り付く網戸のヤモリ

ちぎり絵のごとく銀杏の散り敷ける雨後の舗道を急ぐ夕暮れ

語彙力の乏しきわが辞書引きし語を蛍光色に塗りつぶしゆく

会ひたいと思へる人にみな会はばわが一年は忙しからん

小説を流るる時間に身を委ね気付けば更けたり休日前夜

習ひたての磁石の性質得意気に語りたる子と行く散歩道

S極とS極退け合ふ不思議心に占むる日われにもありき

手を上げし夜は難破船傍らに寝息立てゐる子の顔見れば

主人公になれる場面はさうないと知るも打席の子を信じたり

強風にはためく団旗支へ持つ応援団を志願せし子が

中学の卒業証書受くる子の呼名に応ふる声の明るし

休みなく吹奏楽に打ち込みて誇らしげなり卒業の子は

二〇一一年

子の散髪父の仕事と思ひしを床屋がいいと言ひ出せる春

返信メール待ちわびる午後本日の日替はり珈琲エチオピア豆

二〇一二年

わが歌を選んでくれしあこがれの選者のエール「がむしゃらに詠め」

路地に建つ古書店店頭の夕暮れに探し来し本見つけときめく

気の乗らぬ仕事抱へてぼんやりと右折忘れて直進の朝

幼き頃は連れられ歩きし土手の道母と歩くは何年ぶりか

月一度の墓参欠かさぬ父母に付き添ふことが恒例となり

胸中に渦巻く言葉あれこれと今日を飲み込み仕事場を出づ

連日の残業終へたり休日のワイシャツが風に踊らされゐる

二〇一三年

縁側に子の作りたるプラモデルのロボットやうやく夕方に立つ

小六の夏から次第に子の口数少なくなりぬ言はれてみれば

いざ今年冬の陽受けてそよぎゐる竹群の下闇の静けさを生きむ

なつかしき同級生と出会ひたる焚火の勢ひ猛き境内

父母を頼むとひと言帰省できぬ都会暮らしの弟の賀状

曇天の光乏しき朝の木々まことの色の深さ湛へて

閉店の決まりしわが街の百貨店母に贈りし帽子もここで

異動先の内示は間近脱皮せし白ザリガニは一足早く

何百の育ち盛りが一斉に背伸びしてゐる五月一日

追ひつけるはずの打球の一歩前肉離れする斜陽の芝に

京都にて一人暮らしをはじめたる電話の向かうの子の声遠し

五引く一は四人となりてカマンベールチーズ均等分けたやすき夕餉

二〇一四年

剣道部の早朝稽古に向かふ子の凜凜しさ添ひくる背中見送る

硝子戸に流るる雲を見つめゐる時もありけり頬杖つく君

親の非を鋭く突ける厳しさを子は時に見すつくつくぼふし

「素直です」と担任教師はわれに告ぐ親の知らない子の向かう側

夕凪の瀬戸の海面に漂へる浮き見つめをり独り釣り場に

引き強し糸巻き上げて白銀の鰺の魚影の輝く海面

ポストまで賀状を出しに土手をゆく義父の手描きの地図に頼りて

流れつつ形変へゆく雲はみな草原を駆くる駿馬のごとし

三日月に明けの明星並びたる東の空の冴えわたりけり

トロンボーン連日奏で疲れ果て湯船にいつしか娘は眠りゐる

生徒らをやうやく分かつて来た頃が君らの巣立ちの時となりけり

なつかしさは生きる力と気づきたり友と飲みたる宴の帰り

二〇一六年

帰宅して独りの部屋に飲み干せりペットボトルの氷河の水を

あと何年詠へるだらうとつぶやきぬわれより年上の短歌の友は

子供らが一人二人と家出づる聞きしにまさる寂しさを知る

自転車に飛び乗り駅へ向かひたる学ランの子の背中遠のく

寝過ごして海辺のバス停に降り立ちぬ歩いて帰る夜の静けさ

針金のハンガーに干すワイシャツを窓辺に掛けた雨の週末

「世の中は一切皆苦」と言はれても確かむるすべなく若きらは笑ふ

グローブを列車に忘れし翌朝にスマホ落とす子よ吾が血引く子か

食道を経て胃に到る内視鏡われの知らざるわれを写せり

武漢行き直行便に乗り込める長蛇の列にわが娘あり

二〇一七年

仕事終へスーパーのレジに並びたり同じくワイシャツ姿の列に

温泉につかりてすでに足らふ父名瀑を見ずに帰らむと言ふ

東福寺通天橋より見渡せる風冷たき谷を紅葉覆へり

亡き伯母の作りし茄子のからし漬けいつもの味も最後となりぬ

大酒飲みをわが欠点と告白せし福沢諭吉に親しみの湧く

成人を迎へし娘のひとり旅武漢を発ちて北京駅まで

あれこれと浮世賑はす出来事を炬燵に妻と語らふ真昼

知らぬ間に妻の植ゑたるアボカドの芽の直ぐ立てり陽だまりの中

宮島をめざして真夜に子は発ちぬ七十キロの自転車の旅

問ひかけに短き言葉返すだけよしとすべきか十六の息子

仕事場に幾度も溜息つく人の自らの存在示すがごとく

初給料に娘がくれしネクタイを締めて鏡に向かひたる朝

オレンジ色好きと告げればセラピストは自由求めたりとわれを見透かす

佐野史郎が「耳なし芳一」語り終へ赤間の杜に虫の音残る

成長の代償なるか平原の果てまで濁れる空続く中国《チャイナ》

知らぬ間に自分の色を出すことを恐れてゐたりここ幾年か

二〇一八年

夢を追ふ青年棋士の確信の一手を畏る明倫館に

午前二時の森の孤独を流星が北アルプスの稜線に消ゆ

運慶の彫りし大日如来像人の哀しみ鎮むるごとし

秋の夜の虫の音やみしひと時をわが耳鳴りぬ高きトーンに

帰宅して開け放つ窓に夜の風通ひ来にけり独りの部屋に

離《さか》るべき時の近づくこの街の起伏をたどる冬陽を浴びて

検査受くる母を待ちゐる病院の灯り乏しき救急外来

二十四時大事なく帰宅せし母に安堵せり少しふらつきあれど

玄海の風に枝葉の騒ぎゐる巨木の杜の昼間を畏る

母の前に気丈なる娘演じつつ妻は病室に泊まり込みたり

亡くなりし今となりては晩年と呼ぶほかはなし義母との日々を

残されし老父をいかに支へむと思ひあぐねて月冴ゆる空

説得にしぶしぶ免許返納を決めしは父の勇気か弱気か

清らかに小さき未来映りたりコップの内の丸き水面に

源流の細き流れは早春の光の道となりて伸びゆく

岩間より湧き続けたる源流の勢ひに青きクレソンなびく

会話少なき数日を経て楽しげに妻は水辺の土筆摘みをり

真黒なる溶岩の磯に囲まるる笠山は日本最小の火山

萩城の鬼門にありて開発を免れしツバキ原生林は

コンビニのゴミ箱掃除する君の日頃教師に見せざる背中

この春に着任したるは中学校瀬戸に浮かべる周防大島

いくつもの湾曲したる海岸線辿りてゆけりわが職場まで

朝な朝な通ふ橋より見下ろせる大畠瀬戸の潮の紋様

堤防の先に立ちゐる電柱を島の入り江の風は吹き過ぐ

一本の幹を求めて暗き森さまよふ心地兆すときあり

列車待つホームに金魚提灯のかすかに揺れて風に気づけり

リクルートスーツ着込みて新宿の真昼間を娘は歩みてをらむ

島の子の海鼠八匹届け来る磯の香りをバケツに詰めて

氾濫の危険水位を越えし川父母を連れ出す豪雨の中を

二〇一九年

満月が入り江を照らす二十二時銀の波頭が無数に眠る

和太鼓のばち振り下ろす十代の揺らぎ迷ひを振り切るやうに

樹木希林の残しし潔き言葉「御しがたきものはわれ映す鏡」

二年後の収穫夢見て椎茸の原木駒打ち施し終へたり

原木に菌糸広げる椎茸のごとく充実の時間を生きむ

モノにみな記憶が宿る十五の日祖父買ひくれしギターを捨てつ

みよしのの吉野の道に団栗の落ちて地を打つ音一つせり

徹底的に平行線を辿るときむしろつながる意志ある君と

大叔父が記憶辿りて『シベリア記』綴るまでに七十年経たり

露天掘り最下層から大叔父はシベリアの空幾度仰ぎしか

イリエワニ荒ぶる性《さが》を潜めては沈黙したりわれに似たるか

仕事にて鰐革のバッグ扱へる娘は目を背く鰐の群れ見て

鉄輪のゆるき坂道下りゆく立ちのぼる湯気を子らと浴びつつ

横たはるわれの鼻腔を通ひくる蒸し湯の熱気草の香含みて

「一人一人が輝く」など曖昧な目標多く腐りゆくもの

一杯の珈琲がため汲みに来し朝の湧き水手のひらを打つ

膝下の浅き窪みに灸据うる熱き波わが芯を震はす

便利さと引き換へになくしし静けさをなつかしみをり駅前に越して

路線バスの走行音にクマゼミの鳴き声止まぬマンション住まひ

病む父を連れて行きたる地下一階ＰＥＴ検査室に技師は待ちをり

ＰＥＴ検査終へて出で来し父の顔安堵の色をかすかに見せつ

岬に生まれ岬に死する野生馬の群れて草食む音聞く夕べ

炭酸を注ぐコップに次々と気泡爆ぜたり夜店の卓に

二〇二〇年

最強の台風逸れし月の夜の公園歩けば土俵に気づく

昼間にはあると気づかぬ土俵なり少しづつ知る越して来し街

発熱で仕事休むと告げしより倦怠の中ささやかに自由

午後五時の閉門間近の仁和寺に般若心経の若き声響く

突然の前輪破裂ハイウェイの縁に立ち一人ＪＡＦ待つ夕べ

若きらの連続ジャンプはやめておく夏の終はりの野外コンサート

工場の鉄打つ音のこだまする三百六十二メートルの山頂

標高は高くあらねど島々の重なり続く果ての海まで

この山に雲かかりなば雨降ると祖父は語りき幼き頃に

秋の朝湧く渦潮をかき分けて白きフェリーの海峡をゆく

駐車場に似たる車の多く停まり父母はさ迷ふこの頃いつも

日曜の夕べに吠えるわが手帳月火水金出張が占む

また会ひたき人は会はずに亡くなりて会ひたき時に会はざりし悔い

一日をテレビの前に過ごしゐる時の増えたり父の日常

外に向く席確保して図書館に「静か」「鎮まる」「沈む」休日

七百キロのトド垂直に潜りきて瞼を開くわが目の前に

ボタン一つ自動駐車もなせる世に鍛ふるために鍛ふる筋肉

昨日より重きバーベル試みて使ひ道なき筋肉軋む

ひととせを武漢に学びし子は憂ふ封鎖されたる画面の街見て

かつて子の暮らしし街は疫病に閉ざされて今人の影なく

上空に寒波及びぬ海面をしぶき這ふまで風不意に過ぐ

波忘るる入り江の水面に投げ入れし小石の波紋冬陽を崩す

急くままに味付け忘れし料理のごときわが青き日の歌は残れり

図書館に北向きの席確保して三島由紀夫に足らふ休日

世の中は感染症に怯えをり帰省せし子と波止に釣る春

休校の廊下に響くわが足音子どもらありての教師なりけり

卒業式に呼ぶ名に応ふる若きらのマスクの奥の声は明るし

行き過ぎしグローバル化を戒むるかパンデミックを告げらるる世は

今月の歌会が二つ流れたり自粛止む無しの空気の中で

街ぢゆうの取つてドアノブ押しボタン触れずに過ごす不自由を生く

丘の上に潮の遠鳴り響き来る島の高校に異動決まりぬ

島つ鳥黒き海鵜の朝な朝な磯に立つ影見て通勤す

いくつもの渚を過ぎて見え初むる橋の先なる沖家室島《おきかむろじま》

島人のかつて暮らしし証なり荒れ地に組まれし石垣残る

感染症多発地域に暮らす子らへ帰省するなと電話に告ぐる夜

金網の一つの目より覗く世をスナメリの背の自在に巡る

あとがき

二〇二〇年の暑い夏の日、夫は旅立ちました。五十三歳になったばかり、突然のことでした。

残された私達家族は深い悲しみを抱えながら生きることになりました。それぞれの故人との確かな記憶とともに。その記憶のよりどころになるのが短歌でした。

夫は学生の頃から短歌を詠んできました。残された一〇〇〇首余りの歌の中から家族の思いにつながる三五〇首ほどを選びました。選んだ歌からはその時々の彼の顔が浮かんできます。今でもすぐ隣りに座っているような気がします。

お世話になりましたすべての皆様にお礼申しあげます。ありがとうございました。

二〇二二年四月

玉木　夏世

歌集　ギターと短歌とりんだうと

初版発行日　二〇二二年五月二十日
著　者　玉木伸尚
山口県下松市北斗町三－一－二〇二（〒七四四－〇〇一二）
玉木夏世
定　価　二五〇〇円
発行者　永田　淳
発行所　青磁社
京都市北区上賀茂豊田町四〇－一（〒六〇三－八〇四五）
電話　〇七五－七〇五－二八三八
振替　〇〇九四〇－二－一二四二二四
http://seijisya.com
装　幀　上野かおる
印刷・製本　創栄図書印刷

ISBN978-4-86198-534-8 C0092 ¥2500E